KB071139

향수

향수

—

초판 1쇄   2017년 5월 22일
지은이   정지용
펴낸이   김영재
펴낸곳   책만드는집

—

주소   서울 마포구 양화로3길 99 4층 (04022)
전화   3142-1585·6
팩시밀리   336-8908
E-mail   chaekjip@naver.com
등록   1994. 1. 13. 제10-927호

—

—

ISBN 978-89-7944-616-6 (03810)

이 도서의 국립중앙도서관 출판시도서목록(CIP)은 e-CIP
홈페이지(http:///www.nl.go.kr/cip.php)에서 이용하실 수 있습니다.
(CIP제어번호:CIP2017010390)

향수

정지용 시집

책만드는집

종달새

삼동내− 얼었다 나온 나를
종달새 지리 지리 지리리……

왜 저리 놀려대누.

어머니 없이 자란 나를
종달새 지리 지리 지리리……

왜 저리 놀려대누.

해바른 봄날 한종일 두고
모래톱에서 나 홀로 놀자.

1

향 수

2
바 다

3

꽃 과   벗

4

이 른   봄   아 침

1

향 수

새빨간 기관차

느으릿 느으릿 한눈파는 겨를에
사랑이 수이 알아질까도 싶구나.
어린아이야, 달려가자.
두 빰에 피어오른 어여쁜 불이
일찍 꺼져버리면 어찌하자니?
줄달음질 쳐 가자.
바람은 휘잉. 휘잉.
맨틀 자락에 몸이 떠오를 듯.
눈보라는 풀. 풀.
붕어 새끼 꾀어내는 모이 같다.
어린아이야, 아무것도 모르는
새빨간 기관차처럼 달려가자!

산 너머 저쪽

산 너머 저쪽에는
누가 사나?

뻐꾸기 영 위에서
한나절 울음 운다.

산 너머 저쪽에는
누가 사나?

철나무 치는 소리만
서로 맞아 쩌 르 렁!

산 너머 저쪽에는
누가 사나?

늘 오던 바늘 장수도
이 봄 들며 아니 뵈네.

향수

넓은 벌 동쪽 끝으로
옛이야기 지줄대는 실개천이 휘돌아 나가고,
얼룩백이 황소가
해설피 금빛 게으른 울음을 우는 곳,

—그곳이 차마 꿈엔들 잊힐 리야.

질화로에 재가 식어지면
비인 밭에 밤바람 소리 말을 달리고,
엷은 졸음에 겨운 늙으신 아버지가
짚베개를 돋아 고이시는 곳,

—그곳이 차마 꿈엔들 잊힐 리야.

흙에서 자란 내 마음
파아란 하늘빛이 그리워
함부로 쏜 화살을 찾으러
풀섶 이슬에 함추름 휘적시던 곳,

―그곳이 차마 꿈엔들 잊힐 리야.

전설 바다에 춤추는 밤물결 같은
검은 귀밑머리 날리는 어린 누이와
아무렇지도 않고 예쁠 것도 없는
사철 발 벗은 아내가
따가운 햇살을 등에 지고 이삭 줍던 곳,

―그곳이 차마 꿈엔들 잊힐 리야.

하늘에는 성근 별
알 수도 없는 모래성으로 발을 옮기고,
서리 까마귀 우지짖고 지나가는 초라한 지붕,
흐릿한 불빛에 돌아앉아 도란도란거리는 곳,

―그곳이 차마 꿈엔들 잊힐 리야.

기차

할머니
무엇이 그리 슬퍼 우십나?
울며 울며
녹아도鹿兒島로 간다.

해어진 왜포 수건에
눈물이 함촉,
영! 눈에 어른거려
기대도 기대도
내 잠 못 들겠소.

내도 이가 아퍼서
고향 찾아가오.

배추꽃 노란 사월 바람을
기차는 간다고
악물며 악물며 달린다.

그의 반

내 무엇이라 이름하리 그를?
나의 영혼 안의 고운 불,
공손한 이마에 비추는 달,
나의 눈보다 값진 이,
바다에서 솟아올라 나래 펴는 금성,
쪽빛 하늘에 흰 꽃을 달은 고산식물,
나의 가지에 머물지 않고
나의 나라에서도 멀다.
홀로 어여뻐 스스로 한가로워―항상 머언 이,
나는 사랑을 모르노라 오로지 수그릴 뿐.
때 없이 가슴에 두 손이 여미어지며
굽이굽이 돌아 나간 시름의 황혼 길 위―
나― 바다 이편에 남긴
그의 반임을 고이 지니고 걷노라.

호수 1

얼굴 하나야
손바닥 둘로
폭 가리지만,

보고 싶은 마음
호수만 하니
눈 감을밖에.

호수 2

오리 모가지는
호수를 감는다.

오리 모가지는
자꾸 간지러워.

귀로歸路

포도鋪道로 나리는 밤안개에
어깨가 저으기 무거웁다.

이마에 촉觸하는 쌍그란 계절의 입술
거리에 등불이 함폭! 눈물겹구나.

제비도 가고 장미도 숨고
마음은 안으로 상장喪章을 차다.

걸음은 절로 디딜 데 디디는 삼십 적 분별
영탄도 아닌 불길한 그림자가 길게 누이다.

밤이면 으레 홀로 돌아오는
붉은 술도 부르지 않는 적막한 습관이여!

고향

고향에 고향에 돌아와도
그리던 고향은 아니러뇨.

산꿩이 알을 품고
뻐꾸기 제철에 울건만,

마음은 제 고향 지니지 않고
머언 항구로 떠도는 구름.

오늘도 뫼 끝에 홀로 오르니
흰 점 꽃이 인정스레 웃고,
어린 시절에 불던 풀피리 소리 아니 나고
메마른 입술에 쓰디쓰다.

고향에 고향에 돌아와도
그리던 하늘만이 높푸르구나.

내 맘에 맞는 이

당신은 내 맘에 꼭 맞는 이.
잘난 남보다 조그맣지만
어리둥절 어리석은 척
옛사람처럼 사람 좋게 웃어 좀 보시오.
이리 좀 돌고 저리 좀 돌아보시오.
코 쥐고 뺑뺑이 치다 절 한 번만 합쇼.

호. 호. 호. 호. 내 맘에 꼭 맞는 이.

큰 말 타신 당신이
쌍무지개 홍예문 틀어 세운 벌로
내달리시면

나는 산날맹이 잔디밭에 앉아
기ㅁ令를 부르지요.

「앞으로― 가. 요.」

22 ·

「뒤로— 가. 요.」

키는 후리후리. 어깨는 산 고개 같아요.
호. 호. 호. 호. 내 맘에 맞는 이.

산엣 색시 들녘 사내

산엣 새는 산으로,
들녘 새는 들로.
산엣 색시 잡으러
산에 가세.

작은 재를 넘어서서,
큰 봉엘 올라서서,

「호—이」
「호—이」

산엣 색시 날래기가
표범 같다.

치달려 달아나는
산엣 색시,
활을 쏘아 잡었습나?

아아니다,
들녘 사내 잡은 손은
차마 못 놓더라.

산엣 색시,
들녘 쌀을 먹였더니
산엣 말을 잊었습데.

들녘 마당에
밤이 들어,

활 활 타오르는 화톳불 너머
넘어다보면—

들녘 사내 선웃음 소리
산엣 색시
얼굴 와락 붉었더라

다른 한울

그의 모습이 눈에 보이지 않았으나
그의 안에서 나의 호흡이 절로 달도다.

물과 성신聖神으로 다시 낳은 이후
나의 날은 날로 새로운 태양이로세!

뭇사람과 소란한 세대에서
그가 다만 내게 하신 일을 지니리라!

미리 가지지 않았던 세상이어니
이제 새삼 기다리지 않으련다.

영혼은 불과 사랑으로! 육신은 한낱 괴로움.
보이는 한울은 나의 무덤을 덮을 뿐.

그의 옷자락이 나의 오관에 사무치지 않았으나
그의 그늘로 나의 다른 한울을 삼으리라.

산소

서낭 산골 십오 리 뒤로 두고
어린 누이 산소를 묻고 왔소.
해마다 봄바람 불어를 오면,
나들이 간 집 새 찾아가라고
난만히 피는 꽃을 심고 왔소.

소곡 小曲

물새도 잠들어 깃을 사리는
이 아닌 밤에,

명수대明水臺 바위틈 진달래꽃
어쩌면 타는 듯 붉으뇨.

오는 물, 가는 물,
내쳐 보내고, 헤어질 물

바람이사 애초 못 믿을 손,
입 맞추곤 이내 옮겨 가네.

해마다 제철이면
한등걸에 핀다기소니,

들새도 날아와
애닯다 눈물짓는 아침엔,

이울어 하롱하롱 지는 꽃잎,
섧지 않으랴, 푸른 물에, 실려 가기,

아깝고야, 아기자기
한창인 이 봄밤을,

촛불 켜 들고 밝히소.
아니 붉고 어찌료.

숨기내기

나—ㄹ 눈 감기고 숨으십쇼.
잣나무 아람나무 안고 돌으시면
나는 샅샅이 찾아보지요.

숨기내기 해종일 하면은
나는 서러워진답니다.

서러워지기 전에
파랑새 사냥을 가지요.

떠나온 지 오랜 시골 다시 찾아
파랑새 사냥을 가지요.

엽서에 쓴 글

나비가 한 마리 날아 들어온 양하고
이 종잇장에 불빛을 돌려대 보시압.
제대로 한동안 파닥거리오리다.
―대수롭지도 않은 산목숨과도 같이.
그러나 당신의 열적은 오라범 하나가
먼 데 가까운 데 가운데 불을 헤이며 헤이며
찬비에 함초롬 휘적시고 왔소.
―서럽지도 않은 이야기와도 같이.
누나, 검은 이 밤이 다 희도록
참한 뮤―즈처럼 주무시압.
해발 이천 피트 산봉우리 위에서
이제 바람이 내려옵니다.

오월 소식

오동나무 꽃으로 불 밝힌 이곳
첫여름이 그립지 아니한가?
어린 나그네 꿈이 시시로
파랑새가 되어 오려니.
나무 밑으로 가나 책상 턱에
이마를 고일 때나,
네가 남기고 간 기억만이
소곤소곤거리는구나.

모처럼 만에 날아온 소식에
반가운 마음이 울렁거리어
가여운 글자마다 먼 황해가
남설거리나니……

……나는 갈매기 같은 종선을
한창 치달리고 있다……

쾌활한 오월 넥타이가 내처
난데없는 순풍이 되어,
하늘과 딱 닿은 푸른 물결 위에 솟은,
외따른 섬 로맨틱을 찾아갈까나.

일본 말과 아라비아 글씨를 가르치러 간
쬐그만 이 페스탈로치야,
꾀꼬리 같은 선생님이야,
날마다 밤마다 섬 둘레가 근심스런
풍랑에 씹히는가 하노니,
은은히 밀려오는 듯 머얼리 우는
오르간 소리……

슬픈 인상화

수박 냄새 품어오는
첫여름의 저녁때……

먼 해안 쪽
길옆 나무에 늘어선
전등. 전등.
헤엄쳐 나온 듯이 깜박거리고 빛나노나.

침울하게 울려오는
축항築港의 기적 소리…… 기적 소리……
이국정조로 퍼덕이는
세관의 깃발. 깃발.

시멘트 깐 인도 측으로 사풋사풋 옮기는
하이얀 양장의 점경!

그는 흘러가는 실심失心한 풍경이어니……

부질없이 오랑주 껍질 씹는 시름……

아아, 애시리 황愛施利 黃
그대는 상해로 가는구려……

산에서 온 새

새삼나무 싹이 튼 담 위에
산에서 온 새가 울음 운다.

산엣 새는 파랑 치마 입고.
산엣 새는 빨강 모자 쓰고.

눈에 아름아름 보고 지고.
발 벗고 간 누이 보고 지고.

따순 봄날 이른 아침부터
산에서 온 새가 울음 운다.

촉불과

고요히 그싯는 손씨로
방 안 하나 차는 불빛!

별안간 꽃다발에 안긴 듯이
올빼미처럼 일어나 큰 눈을 뜨다.

그대의 붉은 손이
바위틈에 물을 따 오다,
산양의 젖을 옮기다,
간소한 채소를 기르다,
오묘한 가지에
장미가 피듯이
그대 손에 초밤불이 낳도다.

2

바 다

진달래

한 골에서 비를 보고 한 골에서 바람을 보다 한 골에 그늘 딴 골에 양지 따로따로 갈아 밟다 무지개 햇살에 빛 걸린 골 산벌 떼 두름박 지어 위잉위잉 두르는 골 잡목 수풀 누릇붉긋 어우러진 속에 감추어 낮잠 듭신 칡범 냄새 가장자리를 돌아 어마어마 기어 살아나온 골 산봉에 올라 별보다 깨끗한 돌을 드니 백화 가지 위에 하도 푸른 하늘…… 포르르 풀매…… 온 산중 홍엽이 수런수런거린다 아랫절 불켜지 않은 장방에 들어 목침을 달구어 발바닥 꼬아리를 슴슴 지지며 그제사 범의 욕을 그놈 저놈 하고 이내 누웠다 바로 머리맡에 물소리 흘리며 어느 한 곬으로 빠져나가다가 난데없는 철 아닌 진달래꽃 사태를 만나 나는 만신萬身을 붉히고 서다.

호랑나비

　화구를 메고 산을 첩첩 들어간 후 이내 종적이 묘연
하다 단풍이 이울고 봉마다 찡그리고 눈이 날고 영嶺 위
에 매점은 덧문 속문이 닫히고 삼동三冬내─ 열리지 않
았다 해를 넘어 봄이 짙도록 눈이 처마와 키가 같았다
대폭大幅 캔버스 위에는 목화송이 같은 한 떨기 지난해
흰 구름이 새로 미끄러지고 폭포 소리 차츰 불고 푸른
하늘 되돌아서 오건만 구두와 안신이 나란히 놓인 채
연애가 비린내를 풍기기 시작했다 그날 밤 집집 들창
마다 석간에 비린내가 끼치었다 박다博多 태생胎生 수수
한 과부 흰 얼굴이사 회양 고성 사람들끼리에도 익었
건만 매점 바깥주인 된 화가는 이름조차 없고 송홧가
루 노랗고 뻑 뻑 국 고비 고사리 고부라지고 호랑나비
쌍을 지어 훨훨 청산을 넘고.

비

돌에
그늘이 차고,

따로 몰리는
소소리 바람.

앞섰거니 하야
꼬리 치날리어 세우고,

종종 다리 까칠한
산새 걸음걸이.

여울 지어
수척한 흰 물살,

갈가리
손가락 펴고.

멎은 듯
새삼 듣는 빗낯

붉은 잎 잎
소란히 밟고 간다.

폭포

산골에서 자란 물도
돌베람빡 낭떠러지에서 겁이 났다.

눈덩이 옆에서 졸다가
꽃나무 아래로 우정 돌아

가재가 기는 골짝
죄그만 하늘이 갑갑했다.

갑자기 호숩어질랴니
마음 조일밖에.

흰 발톱 갈가리
앙증스레도 할퀸다.

어쨌든 너무 재재거린다.
나려질리자 쭐뺏 물도 단번에 감수했다.

심심산천에 고사리밥
모조리 졸리운 날

송홧가루
노랗게 날리네.

산수 따라온 신혼 한 쌍
앵두같이 상기했다.

돌뿌리 뾰죽뾰죽 무척 고부라진 길이
아기자기 좋아라 왔지!

하인리히 하이네 적부터
동그란 오오 나의 태양도

겨우 끼리끼리의 발꿈치를
조롱조롱 한나절 따라왔다.

산간에 폭포수는 암만해도 무서워서
기엄기엄 기며 나린다.

달

선뜻! 뜨인 눈에 하나 차는 영창
달이 이제 밀물처럼 밀려오다.

미욱한 잠과 베개를 벗어나
부르는 이 없이 불려 나가다.

한밤에 홀로 보는 나의 마당은
호수같이 둥긋이 차고 넘치노나.

쪼그리고 앉은 한옆에 흰 돌도
이마가 유달리 함초롬 고와라.

연연턴 녹음, 수묵색으로 짙은데
한창때 곤한 잠인 양 숨소리 설키도다.

비둘기는 무엇이 궁거워 구구 우느뇨,
오동나무 꽃이야 못 견디게 향기롭다.

별 1

누워서 보는 별 하나는
진정 멀―고나.

아스름 다치랴는 눈초리와
금실로 이은 듯 가깝기도 하고,

잠 살포시 깨인 한밤엔
창유리에 붙어서 엿보노나.

불현듯, 솟아나듯,
불리울 듯, 맞아들일 듯,

문득, 영혼 안에 외로운 불이
바람처럼 이는 회한에 피어오른다.

흰 자리옷 채로 일어나
가슴 위에 손을 여미다.

별 2

창을 열고 눕다.
창을 열어야 하늘이 들어오기에.

벗었던 안경을 다시 쓰다.
일식이 개이고 난 날 밤 별이 더욱 푸르다.

별을 잔치하는 밤
흰옷과 흰 자리로 단속하다.

세상에 아내와 사랑이란
별에서 치면 지저분한 보금자리.

돌아누워 별에서 별까지
해도海圖 없이 항해하다.

별도 포기포기 솟았기에
그중 하나는 더 획지고

하나는 갓 낳은 양
여릿여릿 빛나고

하나는 발열하여
붉고 떨고

바람엔 별도 쓰리다
회회 돌아 살아나는 촉불!

찬물에 씻기어
사금을 흘리는 은하!

마스트 알로 섬들이 항시 달려왔었고
별들은 우리 눈썹 기슭에 아스름 항구가 그립다.

대웅성좌大雄星座가
기웃이 도는데!

청려淸麗한 하늘의 비극에
우리는 숨소리까지 삼가다.

이유는 저 세상에 있을지도 몰라
우리는 저마다 눈 감기 싫은 밤이 있다.

잠재기 노래 없이도
잠이 들다.

바람 1

바람 속에 장미가 숨고
바람 속에 불이 깃들다.

바람에 별과 바다가 씻기우고
푸른 묏부리와 나래가 솟다.

바람은 음악의 호수
바람은 좋은 알리움!

오롯한 사랑과 진리가 바람에 옥좌를 고이고
커다란 하나와 영원이 펴고 날다.

바람 2

바람.
바람.
바람.

너는 내 귀가 좋으냐?
너는 내 코가 좋으냐?
너는 내 손이 좋으냐?

내사 온통 빨개졌네.

내사 아무치도 않다.

호 호 추워라 구보로!

바다 1

오.오.오.오.오.소리치며 달려가니
오.오.오.오.오.연달아서 몰아온다.

간밤에 잠 살포시
머언 뇌성이 울더니,

오늘 아침 바다는
포도빛으로 부풀어졌다.

철석, 처얼석, 철석, 처얼석, 철석,
제비 날아들듯 물결 사이사이로 춤을 추어.

바다 2

한 백 년 진흙 속에
숨었다 나온 듯이,

게처럼 옆으로
기어가 보노니,

머언 푸른 하늘 아래로
가이없는 모래밭.

바다 3

외로운 마음이
한종일 두고

바다를 불러—

바다 위로
밤이
걸어온다.

바다 4

후주근한 물결 소리 등에 지고 홀로 돌아가노니
어디선지 그 누구 쓰러져 울음 우는 듯한 기척,

돌아서서 보니 먼 등대가 반짝반짝 깜박이고
갈매기 떼 끼루룩끼루룩 비를 부르며 날아간다.

울음 우는 이는 등대도 아니고 갈매기도 아니고
어딘지 홀로 떨어진 이름 모를 서러움이 하나.

바다 5

바둑돌은
내 손아귀에 만져지는 것이
퍽은 좋은가 보아.

그러나 나는
푸른 바다 한복판에 던졌지.

바둑돌은
바다로 거꾸로 떨어지는 것이
퍽은 신기한가 보아.

당신도 인제는
나를 그만만 만지시고,
귀를 들어 팽개를 치십시오.

나라는 나도
바다로 거꾸로 떨어지는 것이

퍽은 시원해요.

바둑돌의 마음과
이내 심사는
아아무도 모르지라요.

바다 6

고래가 이제 횡단한 뒤
해협이 천막처럼 퍼덕이오.

……흰 물결 피어오르는 아래로 바둑돌 자꾸자꾸
내려가고,

은방울 날리듯 떠오르는 바다 종달새……

한나절 노려보오 움켜잡아 고 빨간 살 뺏으려고.

미역 잎새 향기한 바위틈에
진달래꽃 빛 조개가 햇살 쪼이고,
청제비 제 날개에 미끄러져 도ー네
유리판 같은 하늘에.
바다는ー속속들이 보이오.
청댓잎처럼 푸른
바다

봄

꽃봉오리 줄등 켜듯한
조그만 산으로—하고 있을까요.

솔나무 대나무
다옥한 수풀로—하고 있을까요.

노랑 검정 알롱달롱한
블랑키트 두르고 쪼그린 호랑이로—하고 있을까요.

당신은 「이러한 풍경」을 데불고
흰 연기 같은
바다
멀리멀리 항해합쇼.

바다 7

바다는
푸르오,
모래는
희오, 희오,
수평선 위에
살포―시 내려앉는
정오 하늘,
한 한가운데 돌아가는 태양,
내 영혼도
이제
고요히 고요히 눈물겨운 백금 팽이를 돌리오.

바다 8

흰 구름
피어오르오,
내음새 좋은 바람
하나 찼소,
미역이 휙지고
소라가 살 오르고
아아, 생강즙같이
맛들은 바다,
이제
칼날 같은 상어를 본 우리는
뱃머리로 달려나갔소,
구멍 뚫린 붉은 돛폭 퍼덕이오,
힘은 모조리 팔에!
창끝은 꼭 바로!

바다 9

바다는 뿔뿔이
달아나려고 했다.

푸른 도마뱀 떼같이
재재발랐다.

꼬리가 이루
잡히지 않았다.

흰 발톱에 찢긴
산호보다 붉고 슬픈 생채기!

가까스로 몰아다 붙이고
변죽을 둘러 손질하여 물기를 씻었다.

이 앨쓴 해도海圖에
손을 씻고 떼었다.

찰찰 넘치도록
돌돌 구르도록

회동그라니 받쳐 들었다!
지구는 연잎인 양 오므라들고…… 펴고……

난초

난초 잎은
차라리 수묵색.

난초 잎에
엷은 안개와 꿈이 오다.

난초 잎은
한밤에 여는 다문 입술이 있다.

난초 잎은
별빛에 눈떴다 돌아눕다.

난초 잎은
드러난 팔굽이를 어쩌지 못한다.

난초 잎에
적은 바람이 오다.

난초 잎은
춥다.

다알리아

가을볕 째앵하게
내려쪼이는 잔디밭.

함빡 피어난 다알리아.
한낮에 함빡 핀 다알리아.

시약시야, 네 살빛도
익을 대로 익었구나.

젖가슴과 부끄럼성이
익을 대로 익었구나.

시약시야, 순하디순하여 다오.
암사슴처럼 뛰어다녀 보아라.

물오리 떠돌아다니는
흰 못물 같은 하늘 밑에,

함빡 피어나온 다알리아.
피다 못해 터져 나오는 다알리아.

3

꽃과 벗

말

말아, 다락 같은 말아,
너는 점잔도 하다마는
너는 왜 그리 슬퍼 뵈니?
말아, 사람 편인 말아,
검정콩 푸렁콩을 주마.

이 말은 누가 난 줄도 모르고
밤이면 먼 데 달을 보며 잔다.

할아버지

할아버지가
담뱃대를 물고
들에 나가시니,
궂은 날도
곱게 개이고,

할아버지가
도롱이를 입고
들에 나가시니,
가문 날도
비가 오시네.

홍춘 紅椿

춘椿나무 꽃 피 뱉은 듯 붉게 타고
더딘 봄날 반은 기울어
물방아 시름없이 돌아간다.

어린아이들 제 춤에 뜻 없는 노래를 부르고
솜병아리 양지쪽에 모이를 가리고 있다.

아지랑이 졸음 조는 마을 길에 고달파
아름아름 알아질 일도 몰라서
여윈 볼만 만지고 돌아오노니.

홍역紅疫

석탄 속에서 피어 나오는
태고연太古然히 아름다운 불을 둘러
십이월 밤이 고요히 물러앉다.

유리도 빛나지 않고
창장窓帳도 깊이 나리운 대로―
문에 열쇠가 끼인 대로―

눈보라는 꿀벌 떼처럼
잉잉거리고 설레는데,
어느 마을에서는 홍역이 철쭉처럼 난만하다.

절정絶頂

석벽石壁에는
주사朱砂가 찍혀 있소.
이슬 같은 물이 흐르오.
나래 붉은 새가
위태한 데 앉아 따 먹으오.
산포도 순이 지나갔소.
향기론 꽃뱀이
고원 꿈에 옴치고 있소.
거대한 주검 같은 장엄한 이마,
기후조氣候鳥가 첫 번 돌아오는 곳,
상현달이 사라지는 곳,
쌍무지개 다리 디디는 곳,
아래서 볼 때 오리온성좌와 키가 나란하오.
나는 이제 상상봉에 섰소.
별만 한 흰 꽃이 하늘대오.
민들레 같은 두 다리 간조롱해지오.
해 솟아오르는 동해—

바람에 향하는 먼 기폭처럼
뺨에 나부끼오.

유리창 1

유리에 차고 슬픈 것이 어른거린다.
열없이 붙어 서서 입김을 흐리우니
길들은 양 언 날개를 파닥거린다.
지우고 보고 지우고 보아도
새까만 밤이 밀려나가고 밀려와 부딪치고,
물먹은 별이, 반짝, 보석처럼 박힌다.
밤에 홀로 유리를 닦는 것은
외로운 황홀한 심사이어니,
고운 폐혈관이 찢어진 채로
아아 너는 산새처럼 날아갔구나!

유리창 2

내어다 보니
아주 캄캄한 밤,
어험스런 뜰 앞 잣나무가 자꾸 커 올라간다.
돌아서서 자리로 갔다.
나는 목이 마르다.
또, 가까이 가
유리를 입으로 쪼다.
아아, 항 안에 든 금붕어처럼 갑갑하다.
별도 없다, 물도 없다, 휘파람 부는 밤.
소증기선처럼 흔들리는 창.
투명한 보랏빛 유리알 아,
이 알몸을 끄집어내라, 때려라, 부릇내라.
나는 열이 오른다.
뺨은 차라리 연정스레이
유리에 부빈다, 차디찬 입맞춤을 마신다.
쓰라리, 알연히, 그싯는 음향—
머언 꽃!
도회에서 고운 화재가 오른다.

춘설

문 열자 선뜻!
먼 산이 이마에 차라.

우수절雨水節 들어
바로 초하루 아침.

새삼스레 눈이 덮인 멧부리와
서늘옵고 빛난 이마받이하다.

얼음 금 가고 바람 새로 따르거니
흰 옷고름 절로 향기로워라.

옹숭거리고 살아난 양이
아아 꿈같기에 서러워라.

미나리 파릇한 새순 돋고
옴짓 아니 기던 고기 입이 오물거리는,

꽃 피기 전 철 아닌 눈에
핫옷 벗고 도로 춥고 싶어라.

아침

프로펠러 소리……
선연한 커—브를 돌아 나갔다.

쾌청! 짙푸른 유월 도시는 한 층계 더 자랐다.

나는 어깨를 고르다.
하품…… 목을 뽑다.
붉은 수탉 모양 하고
피어오르는 분수를 물었다…… 뿜었다……
햇살이 함빡 백공작의 꼬리를 폈다.

수련이 화판을 폈다.

오므라졌던 잎새. 잎새. 잎새.
방울방울 수은을 바쳤다.
아아 유방처럼 솟아오른 수면!
바람이 구르고 거위가 미끄러지고 하늘이 돈다.

좋은 아침—
나는 탐하듯이 호흡하다.
때는 구김살 없는 흰 돛을 달다.

시계를 죽임

한밤에 벽시계는 불길한 탁목조啄木鳥!
나의 뇌수를 미싱 바늘처럼 쪼다.

일어나 쫑알거리는 「시간」을 비틀어 죽이다.
잔인한 손아귀에 감기는 가냘픈 모가지여!

오늘은 열 시간 일하였노라.
피로한 이지理智는 그대로 치차齒車를 돌리다.

나의 생활은 일절 분노를 잊었노라.
유리 안에 설레는 검은 곰인 양 하품하다.

꿈과 같은 이야기는 꿈에도 아니하련다.
필요하다면 눈물도 제조할 뿐!

어쨌든 정각에 꼭 수면하는 것이
고상한 무표정이요 한 취미로 하노라!

명일明日!(일자日字가 아니어도 좋은 영원한 혼례!)

소리 없이 옮겨가는 나의 백금 체펠린의 유유한 야
간 항로여!

석류

장미꽃처럼 곱게 피어가는 화로에 숯불,
입춘 때 밤은 마른풀 사르는 냄새가 난다.

한겨울 지난 석류 열매를 쪼개어
홍보석 같은 알을 한 알 두 알 맛보노니,

투명한 옛 생각, 새론 시름의 무지개여,
금붕어처럼 어린 여릿여릿한 느낌이여.

이 열매는 지난해 시월 상달, 우리 둘의
조그마한 이야기가 비롯될 때 익은 것이어니.

작은 아씨야, 가녀린 동무야, 남몰래 깃들인
네 가슴에 졸음 조는 옥토끼가 한 쌍.

옛 못 속에 헤엄치는 흰 고기의 손가락, 손가락,
외롭게 가볍게 스스로 떠는 은銀실, 은실.

아아 석류 알을 알알이 비추어 보며
신라 천 년의 푸른 하늘을 꿈꾸노니.

붉은 손

어깨가 둥글고
머릿단이 칠칠히,
산에서 자라거니
이마가 알빛같이 희다.

검은 버선에 흰 볼을 받아 신고
산과일처럼 얼어 붉은 손,
길눈을 헤쳐
돌 틈에 트인 물을 따내다.

한 줄기 푸른 연기 올라
지붕도 햇살에 붉어 다사롭고,
처녀는 눈 속에서 다시
벽오동 중허리 파릇한 냄새가 난다.

수줍어 돌아앉고, 철 아닌 나그네 되어.
서려 오르는 김에 낯을 비추우며
돌 틈에 이상하기 하늘 같은 샘물을 기웃거리다.

병

부엉이 울던 밤
누나의 이야기—

파랑 병을 깨치면
금시 파랑 바다.

빨강 병을 깨치면
금시 빨강 바다.

뻐꾸기 울던 날
누나 시집갔네—

파랑 병을 깨트려
하늘 혼자 보고.

빨강 병을 깨트려
하늘 혼자 보고.

불사조

비애! 너는 모양할 수도 없도다.
너는 나의 가장 안에서 살았도다.

너는 박힌 화살, 날지 않는 새,
나는 너의 슬픈 울음과 아픈 몸짓을 지니노라.

너를 돌려보낼 아무 이웃도 찾지 못하였노라.
은밀히 이르노니―「행복」이 너를 아주 싫어하더라.

너는 짐짓 나의 심장을 차지하였더뇨?
비애! 오오 나의 신부! 너를 위하여 나의 창과 웃음
을 닫았노라.

이제 나의 청춘이 다한 어느 날 너는 죽었도다.
그러나 너를 묻은 아무 석문石門도 보지 못하였노라.

스스로 불탄 자리에서 나래를 펴는
오오 비애! 너의 불사조 나의 눈물이여!

조약돌

조약돌 도글도글……
그는 나의 혼의 조각이러뇨.

앓은 피에로의 설움과
첫길에 고달픈
청제비의 푸념겨운 지줄댐과,
꾀집어 아직 붉어 오르는
피에 맺혀,
비 날리는 이국 거리를
탄식하며 헤매노나.

조약돌 도글도글……
그는 나의 혼의 조각이러뇨.

꽃과 벗

석벽 깎아지른
안돌이 지돌이,
한나절 기고 돌았기
이제 다시 아슬아슬하고나.

일곱 걸음 안에
벗은, 호흡이 모자라
바위 잡고 쉬며 오를 제,
산꽃을 따,

나의 머리며 옷깃을 꾸미기에,
오히려 바빴다.

나는 번인番人처럼 붉은 꽃을 쓰고,
약하여 다시 위엄스런 벗을
산길에 따르기 한결 즐거웠다.

새소리 끊인 곳,
흰 돌 이마에 휘돌아 서는 다람쥐 꼬리로
가을이 짙음을 보았고,

가까운 듯 폭포가 하잔히 울고.
메아리 소리 속에
돌아져 오는
벗의 부름이 더욱 좋았다.

삽시 엄습해오는
빛 낮을 피하여,
짐승이 버리고 간 석굴을 찾아들어,
우리는 떨며 주림을 의논하였다.

백화白樺 가지 건너
짙푸르러 찡그린 먼 물이 오르자,
꼬아리같이 붉은 해가 잠기고,

이제 별과 꽃 사이
길이 끊어진 곳에
불을 피고 누웠다.

낙타털 케트에
구기인 채
벗은 이내 나비같이 잠들고,

높이 구름 위에 올라,
나릇이 잡힌 벗이 도리어
아내같이 예쁘기에,
눈 뜨고 지키기 싫지 않았다.

무어래요

한길로만 오시다
한 고개 넘어 우리 집.
앞문으로 오시지는 말고
뒷동산 사잇길로 오십쇼.
늦은 봄날
복사꽃 연분홍 이슬비가 내리시거든
뒷동산 사잇길로 오십쇼.
바람 피해 오시는 이처럼 들레시면
누가 무어래요?

구성동 九城洞

골짝에는 흔히
유성이 묻힌다.

황혼에
누리가 소란히 쌓이기도 하고,

꽃도
귀양 사는 곳,

절터더랬는데
바람도 모이지 않고

산 그림자 설핏하면
사슴이 일어나 등을 넘어간다.

저녁 햇살

불 피어오르듯 하는 술
한숨에 키여도 아아 배고파라.

수줍은 듯 놓인 유리컵
바작바작 썹는 대로 배고프리.

네 눈은 고만(高慢)스런 흑(黑) 단초.
네 입술은 서운한 가을철 수박 한 점.

빨아도 빨아도 배고프리.

술집 창문에 붉은 저녁 햇살
연연하게 탄다, 아아 배고파라.

4

이른 봄 아침

풍랑몽 1

당신께서 오신다니
당신은 어찌나 오시려십니까.

끝없는 울음 바다를 안으올 때
포도빛 밤이 밀려오듯이,
그 모양으로 오시려십니까.

당신께서 오신다니
당신은 어찌나 오시려십니까.

물 건너 외딴섬, 은회색 거인이
바람 사나운 날, 덮쳐오듯이,
그 모양으로 오시려십니까.

당신께서 오신다니
당신은 어찌나 오시려십니까.

창밖에는 참새 떼 눈초리 무거웁고
창 안에는 시름겨워 턱을 고일 때,
은고리 같은 새벽달
부끄럼성스런 낯가림을 벗듯이,
그 모양으로 오시려십니까.

외로운 졸음, 풍랑에 어리울 때
앞 포구에는 궂은비 자욱히 들리고
행선 배 북이 웁니다, 북이 웁니다.

풍랑몽 2

바람은 이렇게 몹시도 부옵는데
저달 영원의 등화!
꺼질 법도 아니하옵거니,
엊저녁 풍랑 위에 님 실려 보내고
아닌 밤중 무서운 꿈에 소스라쳐 깨옵니다.

홍시

어저께도 홍시 하나.
오늘에도 홍시 하나.

까마귀야. 까마귀야.
우리 남게 왜 앉았나.

우리 오빠 오시걸랑.
맛뵐라구 남겨뒀다.

후락 딱 딱
훠이 훠이!

갑판 우

나지익한 하늘은 백금빛으로 빛나고
물결은 유리판처럼 부서지며 끓어오른다.
둥글둥글 굴러 오는 짠바람에 뺨마다 고운 피가 고
이고
배는 화려한 짐승처럼 짖으며 달려 나간다.
문득 앞을 가리는 검은 해적 같은 외딴섬이
흩어져 날으는 갈매기 떼 날개 뒤로 문짓문짓 물러
나가고,
어디로 돌아다보든지 하이얀 큰 팔굽이에 안기어
지구 덩이가 동그랗다는 것이 즐겁구나.
넥타이는 시원스럽게 날리고 서로 기대 선 어깨에
유월 볕이 스며들고
한없이 나가는 눈길은 수평선 저쪽까지 기폭처럼
퍼덕인다.

바닷바람이 그대 머리에 아른대는구려,
그대 머리는 슬픈 듯 하늘거리고.

바닷바람이 그대 치마폭에 니치대는구려,
그대 치마는 부끄러운 듯 나부끼고.

그대는 바람보고 꾸짖는구려.
별안간 뛰어들삼어도 설마 죽을라구요.
바나나 껍질로 바다를 놀려대노니,

젊은 마음 꼬이는 굽이도는 물굽이
둘이 함께 굽어보며 가비얍게 웃노니.

인동차

노주인의 장벽에
무시로 인동 삼긴 물이 나린다.

자작나무 덩그럭 불이
도로 피어 붉고,

구석에 그늘 지어
무가 순 돋아 파릇하고,

흙냄새 훈훈히 김도 서리다가
바깥 풍설 소리에 잠착하다.

산중에 책력册曆도 없이
삼동이 하이얗다.

지도

지리 교실 전용 지도는
다시 돌아와 보는 미려한 칠월의 정원.
천도열도 부근 가장 짙푸른 곳은 진실한 바다보다
깊다.

한가운데 검푸른 점으로 뛰어들기가 얼마나 황홀한
해학이냐!
의자 위에서 다이빙 자세를 취할 수 있는 순간,
교원실의 칠월은 진실한 바다보담 적막하다.

태극선 太極扇

이 아이는 고무 볼을 따러
흰 산양山羊이 서로 부르는 푸른 잔디 위로 달리는지
도 모른다.

이 아이는 범나비 뒤를 그리어
소스라치게 위태한 절벽 갓을 내닫는지도 모른다.

이 아이는 내처 날개가 돋혀
꽃잠자리 저자를 선 하늘로 도는지도 모른다.

(이 아이가 내 무릎 위에 누운 것이 아니라)

새와 꽃, 인형 납 병정 기관차들을 거느리고
모래밭과 바다, 달과 별 사이로
다리 긴 왕자처럼 다니는 것이려니,

(나도 일찍이, 점두록 흐르는 강가에

이 아이를 뜻도 아니한 시름에 겨워
풀피리만 찢은 일이 있다)

이 아이의 비단결 숨소리를 보라.
이 아이의 씩씩하고도 보드라운 모습을 보라.
이 아이 입술에 깃들인 박꽃 웃음을 보라.

(나는, 쌀, 돈 셈, 지붕 샐 것이 문득 마음 키인다)

반딧불 흐릿하게 날고
지렁이 기름불만치 우는 밤,
모와드는 훗훗한 바람에
슬프지도 않은 태극선 자루가 나부끼다.

해협

포탄으로 뚫은 듯 동그란 선창으로
눈썹까지 부풀어 오른 수평이 엿보고,

하늘이 함폭 내려앉아
크나큰 암탉처럼 품고 있다.

투명한 어족이 행렬하는 위치에
홋하게 차지한 나의 자리여!

망토 깃에 솟은 귀는 소라 속같이
소란한 무인도의 각적角笛을 불고—

해협 오전 두 시의 고독은 오롯한 원광圓光을 쓰다.
서러울 리 없는 눈물을 소녀처럼 짓자.

나의 청춘은 나의 조국!
다음날 항구의 개인 날씨여!

항해는 정히 연애처럼 비등하고
이제 어드메쯤 한밤의 태양이 피어오른다.

백록담

1

절정에 가까울수록 뻐꾹채꽃 키가 점점 소모된다.
한 마루 오르면 허리가 스러지고 다시 한 마루 위에
서 모가지가 없고 나중에는 얼굴만 갸옷 내다본다.
화문花紋처럼 판 박힌다. 바람이 차기가 함경도 끝과 맞
서는 데서 뻐꾹채 키는 아주 없어지고도 팔월 한철엔
흩어진 성신星辰처럼 난만하다. 산 그림자 어둑어둑하
면 그러지 않아도 뻐꾹채 꽃밭에서 별들이 켜든다. 제
자리에서 별이 옮긴다. 나는 여기서 기진했다.

2

암고란嚴古蘭, 환약같이 어여쁜 열매로 목을 축이고
살아 일어섰다.

3

백화 옆에서 백화가 촉루가 되기까지 산다. 내가 죽
어 백화처럼 흴 것이 흉하지 않다.

4

귀신도 쓸쓸하여 살지 않는 한 모롱이, 도깨비꽃이 낮에 혼자 무서워 파랗게 질린다.

5

바야흐로 해발 육천 척 위에서 마소가 사람을 대수롭게 아니 여기고 산다. 말이 말끼리 소가 소끼리, 망아지가 어미 소를 송아지가 어미 말을 따르다가 이내 헤어진다.

6

첫 새끼를 낳노라고 암소가 몹시 혼이 났다. 얼결에 산길 백 리를 돌아 서귀포로 달아났다. 물도 마르기 전에 어미를 여윈 송아지는 움매— 움매— 울었다. 말을 보고도 등산객을 보고도 마구 매어달렸다. 우리 새끼들도 모색이 다른 어미한테 맡길 것을 나는 울었다.

7

풍란이 풍기는 향기, 꾀꼬리 서로 부르는 소리, 제
주 휘파람새 휘파람 부는 소리, 돌에 물이 따로 구르
는 소리, 먼 데서 바다가 구길 때 쏴― 쏴― 솔 소리,
물푸레 동백 떡갈나무 속에서 나는 길을 잘못 들었다
가 다시 칡 넌출 기어간 흰 돌바기 고부랑길로 나섰
다. 문득 마주친 아롱점말이 피하지 않는다.

8

고비 고사리 더덕 순 도라지꽃 취 삿갓나물 대풀 석
용별과 같은 방울을 달은 고산식물을 새기며 취하며
자며 한다. 백록담 조촐한 물을 그리어 산맥 위에서
짓는 행렬이 구름보다 장엄하다. 소나기 놋낫 맞으며
무지개에 말리우며 궁둥이에 꽃물 이겨 붙인 채로 살
이 붓는다.

9

가재도 기지 않는 백록담 푸른 물에 하늘이 돈다.

불구에 가깝도록 고단한 나의 다리를 돌아 소가 갔다. 쫓겨 온 실구름 일말에도 백록담은 흐리운다. 나의 얼굴에 한나절 포긴 백록담은 쓸쓸하다. 나는 깨다 졸다 기도조차 잊었더니라.

카페 프란스

옮겨다 심은 종려나무 밑에
비뚜루 선 장명등,
카페 프란스에 가자.

이놈은 루바쉬카
또 한 놈은 보헤미안 넥타이
뻐쩍 마른 놈이 앞장을 섰다.

밤비는 뱀눈처럼 가는데
페이브멘트에 흐느끼는 불빛
카페 프란스에 가자.

이놈의 머리는 비뚤은 능금
또 한 놈의 심장은 벌레 먹은 장미
제비처럼 젖은 놈이 뛰어간다.

「오오 패롯鸚鵡 서방! 굿 이브닝!」

「굿 이브닝!」(이 친구 어떠하시오!)

울금향 아가씨는 이 밤에도
경사 커ㅡ튼 밑에서 조시는구려!

나는 자작의 아들도 아무것도 아니란다.
남달리 손이 희어서 슬프구나!

나는 나라도 집도 없단다.
대리석 테이블에 닿는 내 뺨이 슬프구나!

오오, 이국종 강아지야
내 발을 빨아다오.
내 발을 빨아다오.

조찬 朝餐

햇살 피어
이윽한 후,

머흘머흘
골을 옮기는 구름.

길경桔梗 꽃봉오리
흔들려 씻기우고.

차돌부터
촉 촉 죽순 돋듯.

물소리에
이가 시리다.

앉음새 가리어
양지쪽에 쪼그리고,

서러운 새 되어
흰 밥알을 쪼다.

이른 봄 아침

귀에 설은 새소리가 새어 들어와
참한 은시계로 자근자근 얻어맞은 듯,
마음이 이 일 저 일 보살필 일로 갈라져,
수은 방울처럼 동글동글 나동그라져,
춥기는 하고 진정 일어나기 싫어라.

쥐나 한 마리 훔켜잡을 듯이
미닫이를 살포―시 열고 보노니
사루마다 바람으론 오호! 치워라.

마른 새삼 넝쿨 사이사이로
빠알간 산새 새끼가 물레북 드나들듯.

새 새끼 와도 언어 수작을 능히 할까 싶어라.
날카롭고도 보드라운 마음씨가 파다거리어.
새 새끼와 내가 하는 에스페란토는 휘파람이라.
새 새끼야, 한종일 날아가지 말고 울어나 다오,

오늘 아침에는 나이 어린 코끼리처럼 외로워라.

산봉우리— 저쪽으로 돌린 프로필—
패랭이꽃 빛으로 볼그레하다,
씩 씩 뽑아 올라간, 밋밋하게
깎아 세운 대리석 기둥인 듯,
간뎅이 같은 해가 이글거리는
아침 하늘을 일심으로 떠받치고 섰다.
봄바람이 허리띠처럼 휘이 감돌아 서서
사알랑 사알랑 날아오노니,
새 새끼도 포르르 포르르 불려 왔구나.

임종

나의 임종하는 밤은
귀뚜리 하나도 울지 말라.

나중 죄를 들으신 신부는
거룩한 산파처럼 나의 영혼을 가르시라.

성모취결례 미사 때 쓰고 남은 황촉불!

담머리에 숙인 해바라기꽃과 함께
다른 세상의 태양을 사모하여 돌아라.

영원한 나그넷길 노자로 오시는
성주 예수의 쓰신 원광!
나의 영혼에 칠색의 무지개를 심으시라.

나의 평생이요 나중인 괴롬!
사랑의 백금 도가니에 불이 되라.

달고 달으신 성모의 이름 부르기에
나의 입술을 타게 하라.

발열

처마 끝에 서린 연기 따러
포도 순이 기어 나가는 밤, 소리 없이,
가물음 땅에 스며든 더운 김이
등에 서리나니, 훈훈히,
아아, 이 애 몸이 또 달아오르노나.
가쁜 숨결을 드내쉬노니, 박나비처럼,
가녀린 머리, 주사 찍은 자리에, 입술을 붙이고
나는 중얼거리다, 나는 중얼거리다,
부끄러운 줄도 모르고 다신교도와도 같이.
아아, 이 애가 애자지게 보채노나!
불도 약도 달도 없는 밤,
아득한 하늘에는
별들이 참벌 날으듯 하여라.

무서운 시계

오빠가 가시고 난 방 안에
숯불이 박꽃처럼 새워간다.

산모루 돌아가는 차, 목이 쉬어
이 밤사 말고 비가 오시려나?

망토 자락을 여미며 여미며
검은 유리만 내어다 보시겠지!

오빠가 가시고 나신 방 안에
시계 소리 서마서마 무서워.

다시 해협

정오 가까운 해협은
백묵 흔적이 적력(的歷)한 원주!

마스트 끝에 붉은 기가 하늘보다 곱다.
감람 포기포기 솟아오르듯 무성한 물이랑이여!

반마(班馬)같이 해구(海狗)같이 어여쁜 섬들이 달려오건만
일일이 만져주지 않고 지나가다.

해협이 물거울 쓰러지듯 휘뚝하였다.
해협은 엎질러지지 않았다.

지구 위로 기어가는 것이
이다지도 호수운 것이냐!

외진 곳 지날 제 기적은 무서워서 운다.
당나귀처럼 처량하구나.

해협의 칠월 햇살은
달빛보담 시원타.

화통 옆 사닥다리에 나란히
제주도 사투리 하는 이와 아주 친했다.

스물한 살 적 첫 항로에
연애보담 담배를 먼저 배웠다.

딸레

딸레와 쬐그만 아주머니,
앵두나무 밑에서
우리는 늘 셋동무.

딸레는 잘못하다
눈이 멀어 나갔네.

눈먼 딸레 찾으러 갔다 오니,
쬐그만 아주머니마저
누가 데려갔네.

방울 혼자 흔들다
나는 싫어 울었다.